KB005319

그 길에 네가 먼저 있었다

나태주 신작 시집

그 길에 네가 먼저 있었다

다행스런 일

내 시는 세상에 보내는 러브레터.
지향 없는 하소연이며 고백.
늘상 외롭고 애달프다.

나의 시는 바람이 써주는 시.
꽃이 대신 써주고 새들이 대신 써주는 시.
그래서 다시금 외롭고 애달프지만은 아니하다.

2018년 신춘
나태주

다행스런 일 5

1부

2부

3부

4부

1부

네가 있어

바람 부는 이 세상
네가 있어 나는 끝까지
흔들리지 않는 나무가 된다

서로 찡그리며 사는 이 세상
네가 있어 나는 돌아앉아
혼자서도 웃음 짓는 사람이 된다

고맙다
기쁘다
힘든 날에도 끝내 살아남을 수 있었다

우리 비록 헤어져
오래 멀리 살지라도
너도 그러기를 바란다.

떠나는 너

잘 가요 내 사랑
잘 살아요 내 사랑
이곳의 일
너무 많이 생각 말고
잊으면서 살아요
버리면서 살아요.

꽃구경

벚꽃 피면 꽃이 되어 다시 올게요
그 아이 내 앞에서
웃으며 이뤘던 약속

올해도 벚꽃은 피어 만발
흐드러졌는데
벌써 벚꽃들 떠날 채빈데

그 아이 온다는 소식은 없고
혼자 와서 벚꽃나무
올려다보는 날

먼 사람 약속인 양 손길인 양
벚꽃 잎 나비 되어 펄펄
날려라 바람에 하늘에 날려라.

철부지 마음

마당의 달빛
혼자 두고
잠들기 아까워
방안에서
서성서성

멀리 있는 너
보고 싶어
한낮에도
철부지 마음
서성서성.

노래로

벗꽃이피면
벗꽃이되어
다시올게요
약속한그애

다시봄되어
벗꽃이피고
벗꽃이져도
오지를않네

차라리내가
벗꽃나무로
그애한테로
가려고그래

화들짝벗꽃
피워매달고

그애앞에가
서있고싶어.

*

그래네가
그곳에서
벚꽃되어
서있거라
나여기서
까치발로
바라보마
마음의눈
크게뜨고
바라보마.

해거름 녘

뜰에 피어난 꽃
너무 예뻐서
예쁘다 예쁘다
혼자 중얼거리다가

네 생각 새롭게 나서
어떻게 지내는지
전화 걸어 묻고 싶었는데
끝내 받지를 않네

다시금 뜰에 나가
꽃을 보며 니들이
예쁘다 예쁘다
중얼거리는 해거름 녘

4월 하고도 오늘은
며칠이라냐?

날마다 우리의 날들은
짧아만 지는데

너와 나는 너무 오래
만나지 못했다
너무 멀리
헤어져 있다.

너를 두고

저녁나절에 생각한다
오늘도 무사히 일을 마치고
집으로 돌아가니 얼마나 좋은가
저녁에 집으로 돌아가
몸을 씻고 잠을 잘 수 있으니
얼마나 더 좋은가

더구나 멀리 있는 너
아무 소식도 없는 걸로 보아
아무 일도 없는 것 같으니
그 또한 얼마나 감사한 일인가
내일도 너 아무 일도 없기를!

나는 또 내일 어디로인가
새로운 세상 속으로
다시금 떠날 수 있기를
소망해본다.

호수·1

문을 열자 거기에
네가 있었다

꽃을 들고 있지는 않았지만
네가 꽃이었고
바람이 불지 않았지만
네가 바람이었다

출렁! 나는 그만
호수가 되고 말았다.

늦여름

네가 예뻐서
지구가 예쁘다

네가 예뻐서
세상이 다 예쁘다

벗은 발 예쁜 발가락
그리고 눈썹

네가 예뻐서
나까지도 예쁘다.

아리잠직

못생긴 것이
못생긴 것이
이쁘지도 않은 것이

오래도록 마음을 붙잡고
놓아주지 않는다

마음속 깊숙이 들어와
제가 아주 주인 노릇을
하려고 한다.

느낌으로

네가 혼자서
과자를 먹고 싶다고 말하면
나는 금세 과자 가게 앞에서
과자를 사는 사람이 되고

네가 다시 혼자서
아이스크림을 먹고 싶다고 생각하면
나는 다시 아이스크림 가게 앞에서
아이스크림을 사는 사람이 된다

아, 놀라워라!
너는 느낌으로 말하는 사람이고
나도 느낌으로 알아듣는 사람

땅속을 흐르는 강물이
서로를 잘 알아차리고
서로 어울려 흐르는 것처럼 말이다.

목소리 듣고 싶은 날

오늘은 내가 우울한 날
조금은 쓸쓸한 날
네 목소리라도
듣고 싶었는데
목소리 들려줘서 고마워

비가 오고 흐린 날이지만
파란 하늘빛 같은 목소리
비 맞고 새로 일어서는
풀잎 같은 목소리
들려줘서 고마워

그래 다시 나도 파하란 하늘빛이
되어보는 거야
초록의 풀잎으로 다시
일어서 보는 거야.

개울 길을 따라

그 길에 네가 먼저 있었다

개울물이 흐르고 있었고
개울물이 소리를 내고 있었고
꽃이 피어 있었고
꽃이 고개를 흔들고 있었고

저게 누굴까?
몸을 돌렸을 때
처음 보는 사람처럼
낯선 얼굴

네가 너무 예뻤던 것이다
그만 눈이 부셨던 것이다

그 길에서 그날 너는
그냥 그대로 개울물이었고
꽃이었고 또 개울물과
꽃을 흔드는 바람결이었다.

변명·1

귀가 작은 여자아이가 보고 싶다
눈이 작은 여자아이가 보고 싶다
코가 작은 여자아이가 보고 싶다
그러나 입술이 조금 크고
붉은 여자아이를 보고 싶다

실상 이것은
네가 보고 싶다는 말이다.

변명·2

너
나 보고 싶지 않았니?

이것은 내가 너를
보고 싶었단 말이고

너
그동안 아프지 않았니?

이것은 내가 조금
아프기도 했다는 말이다.

이른 아침

전화 걸 때마다
잠에서 덜 깬 목소리
미안해
내가 잠을 깨웠나 보구나

아니에요
이미 잠에서
깨어 있었어요

부스스 눈을 떠서 바라보는
가늘고도 작은 눈
그 눈에 비친 부신 햇살

네가 바라보는 가장
아름답고도 고운
세상을 나도 살고 싶다

이제 가을도 멀지 않았겠지

우리 가을의 가슴 안에서

만나자.

새

전화 걸어도 받지 않고
문자 메시지 보내고 카톡까지 보내도
대답 없는 날은
그냥 잘 있겠지
잘 있을 거야
그러다가도 그동안 무슨 일
있었나?
아프지나 않은지!

참고 있을 걸 괜히
전화 걸고 문자 메시지 보내고
카톡까지 보냈나 보다
후회하는 마음이 그냥
하늘을 보게 한다

하늘에 문득 나는 새
나뭇가지에 앉은 새.

네 앞에서

너는 내 앞에 있을 때가
제일로 예쁘다

내가 너를 사랑한다는 것을
너도 이미 알고 있기 때문

내 앞에서는 별이 되고
꽃이 되고 새가 되기도 하는 너

나도 네 앞에서는
길고 긴 강물이 되기도 한다.

두 개의 지구

네 앞에서 오늘 나는
새롭게 태어나는 지구

내 앞에서 너도 오늘
새롭게 태어나는 지구

귀 기울여 듣지 않아도
들린다

두 개의 지구가 마주
숨을 쉬는 소리

너의 귀에만 들리고
나의 귀에만 들리는 소리.

꽃필 날

내게도
꽃필 날 있을까?
그렇게 묻지 마라

언제든
꽃은 핀다

문제는
가슴의 뜨거움이고
그리움, 기다림이다.

말랑말랑

공기주머니 너는
산소로 가득한
말랑말랑한

고무풍선 너는
향기로 가득한
야튼 말랑말랑한

너를 안아본다
안아본다는
생각만으로도

가슴이 부푼다
나도 고무풍선이 되어
두둥실 떠오른다

허공이 예쁘다

너 때문에 예쁘다

나도 또한 말랑말랑.

금세

그러자
그렇게 하자

네가 온다니
네가 정말 온다니

지금부터 나는
꽃 피는 나무

겨울이지만
마음이 봄날이다.

* 「어린왕자」에서 생텍쥐페리는 이렇게 썼다. '네가 오후 네 시에 온다면
  나는 세 시부터 행복해질 거야.'

호수·2

그렇게 큰
눈을 뜨다니

그렇게 맑은
눈을 뜨다니

그것도 하늘까지
담아서

내 마음까지
담아서.

손인사

손으로 말해요
손으로 웃고
손으로 울어요

이제는 손이
말 대신이고
손이 웃음 대신이고
울음이에요

가서 거기서
잘 살아요
이제는 손이
마음이에요

우리 다시 만나요
이제 손이 사랑이고
손이 또 약속이에요.

재회·1

너
오늘 너무 예뻐서
눈으로 사진을 찍어
가슴에 보석으로
간직하려 한다

그런데 왜
내 마음은 이렇게
아프기만 한 것이냐?

재회·2

무슨 말을 해야 할지
모르겠다
마음이 떨리고
목소리가 떨려서
무슨 말을 먼저 해야 할지
모르겠다

무슨 일을 해야 할지
모르겠다
손이 떨리고
눈빛이 떨려서
무슨 일을 먼저 해야 할지
모르겠다

모처럼 만에
내게 온 너
먼 곳을 돌아서 돌아서

힘겹게 내 앞으로 온 너

예쁘다 머리를 쓰다듬어줄까
오래 생각 잊지 않았다고
볼에 볼을 대줄까

먼 길 오느라 수고 했으니
또다시 먼 길 떠날 너이니
너의 발과 다리나
오래 주물러 줄까 그러한다.

가을날 맑아

잊었던 음악을 듣는다

잊었던 골목을 찾고
잊었던 구름을 찾고
잊었던 너를 찾는다

아, 너 거기
그렇게 있어 줘서
얼마나 고마운가 좋은가

나도 여기 그대로 있단다
안심해라 손을 흔든다.

계단

왜 너를
사랑해야 하는데?

나를 위해서

왜 너를
기뻐해야 하는데?

나를 위해서

왜 슬픔을
서둘러 다스려야 하는데?

그 또한 나를 위해서.

입술

이뻐요
반짝여요
꽃이에요

꽃이라도
꽃잎이
두 장인 꽃

마음도
붉어져요
꿈을 꿔요.

포옹·2

그대 오늘
머리칼 내음

내일
또 내일도

잊지
않겠습니다.

봄비

사랑이 찾아올 때는
엎드려 울고

사랑이 떠나갈 때는
선 채로 울자

그리하여 너도 씨앗이 되고
나도 씨앗이 되자

끝내는 우리가 울울창창
서로의 그늘이 되자.

만나지 못하고

가까이 왔다가
그냥 간다

돌아서
길을 돌아서라도
보고 싶었는데

못 보고 가니
많이 섭섭

그래도 다음
만날 약속 있으니
그나마 다행.

맨발

맨발을 보았다

옷 벗은 너의
전신을 보았다

맨발을 만졌다

떨리는 너의
영혼을 만졌다

샘물 위에 떨어진
두 장의 꽃잎

난 바다 한가운데로
침몰하는 배.

고칠 수 없는 병

내가 너 때문에 많이 힘들어

구체적으로 무엇이 그렇다는 것이 아니라

마음으로 그래

그냥 마음으로 하염없이 구슬퍼지고

목소리 듣고 싶어지고 그래

무엇보다도 문득문득 보고 싶은 마음이 힘들어

그렇지만 어쩌겠니

그냥 거기서 너 잘 있고

나도 여기서 잘 지내길 바래

바람 불고 하늘 맑으면 더욱 멀리

보고 싶은 생각

오늘은 하늘에 떠가는 조각구름 하나하나가

모두 너로 보이는 날

끝내 이것이 내 고칠 수 없는 병이란다.

사랑은 이제

사랑은 이제
나의 일이 아니다
사랑은 이제 너의 일이다
네가 내게로 오면 사랑이고
네가 내게로 오지 않으면
그냥 사랑이 아니니까

사랑은 아주
단순하고도 쉬운 것
그러나 세상 어느 것보다도
힘들고 까다로운 것
그것은 이미 사랑이
나의 일이 아니고
너의 일이기 때문

다만 나는 오늘도
너를 기다리는 사람

언덕 위에 버려진

하나의 돌덩이

혼자서 꿈꾸고

혼자서 꽃을 피운다.

선물 아침

밤사이 눈이 내렸다
새하얀 눈
남천 붉은 잎 위에
소나무 푸른 잎 위에
크리스마스트리 같다

오늘은 선물을 보내야지
멀리 있는 아이
조그만 아이
입술이 붉은 아이
털장갑 하나
그 아이 좋아하는 양갱 한 갑

오늘같이 눈 내린 아침은
나도 누군가로부터 멀리
조그만 선물을 받고 싶은 아이
우편배달부 힘겹게 날라다주는
조그만 선물 하나 받고 싶다.

2부

좋은 때

언제가 좋은 때냐고
누군가 묻는다면
지금이 좋은 때라고
대답하겠다

언제나 지금은
바람이 불거나
눈비가 오거나 흐리거나
햇빛이 쨍한 날 가운데 한 날

언제나 지금은
꽃이 피거나
꽃이 지거나
새가 우는 날 가운데 한 날

더구나 내 앞에
웃고 있는 사람 하나
네가 있지 않으냐.

행운

혼자 있을 때
생각나는 이름 하나
있다는 건 기쁜 일이다

이름이 생각날 때
전화 걸 수 있다는 건
다행스런 일이다

전화 걸었을 때
반갑게 전화 받아주는
바로 그 한 사람

그 한 사람이
살면서 날마다 나의 행운
기쁨의 원천이다.

작은 마음

너 지금 어디쯤 가고 있니?
너 지금 누구하고 있니?
너 지금 무엇 하고 있니?

너 지금 어디서 누구하고
무엇을 하든지 네가
너이기 바란다
너처럼 말하고 너처럼 웃고
너를 좋아하는 사람들이랑
너처럼 잘 살기 바란다

이것이 나의 뜻
너를 사랑하는 나의
작은 마음이란다.

흔들리며 어깨동무

너무 힘들어하지 마
내가 네 곁에 있잖아
너무 슬퍼하지 마
내가 네 숨소리 듣고 있잖아

네가 한숨을 쉴 때
내가 네 곁에서 함께
한숨 쉬고 있다는 걸
부디 잊지 말아줘

포기는 나쁜 것
어떠한 경우에도
포기해서는 안 돼
포기는 안 돼

너무 괴로워하지 마
내가 네 곁에 있잖아
흔들리며 어깨동무
우리가 함께 가고 있잖아.

은행나무 아래

쓸지 말아야지
저건 낙엽이 아니니까
쓸지 말아야지

어제 저녁 노오란
하늘 천정이 무너져
내렸어요!

은행나무 아래
또 은행나무 아래.

장갑 한 짝

눈 내린 아침
눈길 위에 장갑 한 짝

나도 장갑 한 짝 잃고
많이 속상했는데
누군가 많이 속상했겠다

나도 장갑 한 짝 잃고
많이 손 시렸는데
누군가 많이 손 시렸겠다

길 가에 잃어진 장갑 한 짝
마음도 한 조각.

이별 이후

보고 싶은 마음이 정작
사랑인 줄 알지 못하고
사랑을 했다

어제도 보고 싶었고
오늘도 보고 싶고
내일도 더 보고 싶어질 너

보고 싶은 마음이
조금씩 작아지고
조금씩 고요해지기를

알아요 그 맘 내가 알아요
장맛비에도 기죽지 않고
하늘 향해 꽃대를 세운 원추리.

종이컵

너무 쉽게 버려 미안하구나.

희망

하, 하늘에 높은 흰 구름
그 밑에 검은 먹구름
힘차게 솟아올라
하늘에 하얀 궁전을 짓고
검은 궁전을 또 짓는다
일 년 중에서도 장마철
비 그치고 잠시 맑은 날
햇빛은 따갑고
매미 소리 따갑고
희망이란 것은 바로
이런 것이 아닐까
멀리 있는 너를 잠시
생각해 본다.

풀베기

아버지한테 풀 베는 것을 배웠다
배운 것도 아니다
그냥 아버지 풀 베는 것을 보고
따라서 했을 뿐이다

어려서 아버지와 함께 풀을 베다 보면
자주 손을 베었다
아버지는 손을 베지 않고 풀을 베는데
나는 왜 자주 손을 베는 걸까?

생각해 보니 낫이 무서운 줄은 모르고
풀만 빨리 베려고 서둘렀던 탓이다
낫을 좀 더 조심해야지!
그 뒤론 손을 베지 않고 풀을 벨 수 있었다.

담장을 따라

길 가다 문득 피아노 소리에
발길 멈추기도 했었네

알지 못할 먼 곳으로부터 오는
발걸음 소리
바람 소리
소나기 소리

끝까지 다 듣지 못하고
가던 길 가기도 했었네

한 번도 얼굴 보지 못한 계집애
새하얀 손가락.

봄은 아프다

봄은 아프다
아니 봄만 되면
크게 한 번 앓는다
생일이 봄이어서
그렇다고 말한다

다시 한 번
어머니 뱃속에서
세상으로 나가는
연습을 하느라고
그렇다고 말한다

그렇다면
그렇다면 말이다
봄이 되어 피어나는
꽃이나 새싹들도
아파서 꽃이나
새싹으로 피어나는
것이 아닐까?

부모 노릇

낳아주고
길러주고
가르쳐주고

그리고도
남는 일은

기다려주고
참아주고
져주기.

축복

잠자는 아기

일하는 아빠

기도하는 엄마.

고향

내 고향은 서천
서천이란 말에서는
갯비린내가 난다

그렇지만 나는
나무 냄새가 좋아 아직까지
공주에서 살고 있다.

차

좋은 벗이
생각난다

지금 내 앞에
네가 있었다면
얼마나 좋을까!

그러므로
차는 벗이다.

좋은 세상

봄조기 가을갈치

어려서는 봄에
앓고 일어난 식구가 생기면
아버지 시장에 나가
조기 몇 마리 사다가 끓여
그 식구한테만 주고
나머지 식구들은 국물만 겨우 얻어먹었다

올봄엔 앓고 일어나지도 않았는데
조기찌개를 먹는다

좋은 세상이다.

어머니 앞에

무릎걸음으로
세 살배기 무릎걸음으로
내가 가요

해바라기 웃음으로
다섯 살배기 해바라기 웃음으로
내가 지금 가요

어머니,
어머니 거기 그냥
계시기만 하셔요

한때는 나의 땅이었고
하늘이었던 당신.

쌍가락지

엄마가 너희들한테
물려줄 것은 이것밖에는 없다
이것은 엄마 결혼식 날
너의 아빠가 엄마 손가락에
끼워준 쌍가락지
쌍가락지는 두 짝이니
하나는 너 갖고
하나는 네 오빠 주고 그래라

엄마 없는 세상에
엄마 본 듯하겠네.

* 그것은 엄마가 큰 수술 받으러 병원에 가기 전날 밤의 일이었다.
  죽어서 돌아올지, 살아서 집에 올지 모른다며 엄마가 울면서 내 손을
  잡고 쥐어주신 쌍가락지 한 짝.

송년 모임

-'예술의 기쁨'에서

눈 오는 날이면
혼자서 외롭고
꽃 피는 날이면
여럿이서 외로운 우리

당신을 만나면
쨍한 겨울날도
금세 꽃이 피는
따스한 봄날입니다.

감동

─낙타시편·1

웬 일인지 제 몸으로 낳은 새끼에게

젖꼭지 물리기를 거부하는 어미 낙타

그 돌아선 마음 달래기 위해

젖먹이 딸린 젊은 아낙네 불러

부드러운 손으로 낙타의 목덜미 쓸어주며

구음으로 노래 불러줄 때

서서히 낙타의 모진 마음이 풀어지고

두 눈에 고이기 시작한 눈물이, 뚝

떨어지는 걸 본 적이 있다

아, 거룩함이여

짐승과 인간의 진정한 내통이여!

잔인무도

─낙타시편·2

길 없는 길
사막에서 먼 길 떠났다가
그 자리로 돌아오고 싶을 때면
낙타의 새끼를 죽여
그 자리에 묻고 어미낙타를 타고
길을 떠난다 그런다

그러면 기어코 어미낙타
길을 잃지 않고
먼 길 여행을 마치고
제 새끼 묻힌 자리로 돌아온다고
그런다

아, 징그러운 모정이여
잔인무도한 인간들의 잔꾀여!

아프지 않은 사람은 없다

이 세상에
아프지 않은 사람은 없다

몸이 아픈 사람
마음이 아픈 사람

다만 자기가 아프다는 걸
알고 아픈 사람이 있고

자기가 아프다는 걸
모르고 아픈 사람이 있을 뿐이다

나는 몸도 아프고
마음도 아픈 사람

너를 만나지 못하면
만나지 못해서 아프고

너와 함께 있으면

헤어질 생각에 미리 아픈 사람

이 세상에

아프지 않은 사람은 아무도 없다.

오르막길

외갓집이 있던 곳은
마을에서도 제일 높은 곳
사람들이 부르는 꼬작집

나는 그 완만한 듯 오르막길이
못내 좋았다
숨이 약간 차기도 하지만
아주 힘겹지만은 않은
경사의 숨결이 좋았다

하지만 내가 더 좋아했던 것은
외갓집에서 마을로 향하는
내리막길의 가벼움이었다

호숩게 호숩게 옮겨지던 발길
등 뒤에서 외할머니의 손이
밀어주는 듯한 그 내리막길

그것이 바로 나의 인생인 것을 나는
그때 미처 알지 못했다.

한 사람

좋은 사람과라면
흐린 날은 흐려서 좋고
맑은 날은 맑아서 좋다고 한다

비뚤어진 장독대
장항아리들도 예뻐 보이고
깨어진 기왓장 조각까지
소중해 보인다

아, 그것이 그렇다면
오늘 나의 소망은
너에게 오직 그런
한 사람이 되고 싶은 것이다.

봄, 그리고

봄이란 것이 있었다

겨울에서 여름으로 건너가는
징검다리 두엇
잠시 머물렀다 가는 오두막집

좋아하는 사람이 생겼을 때
말할까 말까
가슴만 두근거릴 뿐
더러는 하고 싶은 말들도
목구멍으로 삼킬 때

사람의 몸에서도
꽃이 피어나고 잎이 달릴 때

가을이란 것도 있기는 있었다.

어리버리

나는 어리버리한 인간
숫자 개념에 약하고 상황판단도 부족한 사람
어려서도 그렇고
지금도 그런 사람

그런 내가 중학교 졸업하고
은행원이 되고 싶어
상업고등학교에 들어가고 싶어 했으니
큰일 날 뻔했지 뭔가

꽃송이 앞에서 구름 아래서
더러는 바람 속에서 팔을 벌리고
입을 벌리고 좋아서 어찌할 줄 몰라
어리버리할 때 하나님
하늘에서 내려다보시고 좋아하신다

쟤가 또 시를 쓰고 싶어 하는구나
어리버리한 나에게 시까지
선물로 주신다.

생일날

아이 열둘 낳아 셋 잃고
아홉을 건지신 우리 장모님
그 아이들 중에 넷째 아이요
셋째 딸인 우리 집 사람 김성예
아홉 살 때였다고 했나 …

일 년에 한번밖에 오지 않는
자기 생일날
아침에도 엄마가 생일날이라고
말해주지 않고
점심때에도 식구들 누구도 생일날이라고
말해주지 않아
섭섭하고 속상해진 아홉 살짜리
오산댕이 앞산 쳐다보고
송정리 저수지 쳐다보며 종일을 울먹이다가
날이 어두워져 저녁밥 먹으려고
두레상 앞에 식구들 모여 앉았을 때
더는 참지 못하고 울음을 터뜨리고 말았다 하네

왜 밥을 먹지 않고 그러느냐?
엄마의 채근에 아홉 살배기
오늘이 내 생일날이란 말이야!
그 말에 그만 어머니 한동안
말을 잃고 앉아 있다가
엄마가 몰랐구나
너만 밥을 먹지 말고 조금만 기다리거라
말씀을 마치고 바삐 부엌으로 나가
찹쌀 한줌을 씻어 무쇠 솥에 넣어
찹쌀밥 한 그릇 지어가지고 들어와
아이에게 주었다 하네
미안하다 이제라도 이 밥 새우젓 하고
김치하고 꼭꼭 씹어서 먹어라

… 우리가 어떤 자식인가
우리는 한 사람 한 사람씩
그런 엄마의 자식이 아닌가.

팔불출

아내 자랑 자식 자랑을 하면 팔불출 가운데 하나라고 흉을 보지만 한번 만 아내 이야기를 해보고 싶어요.

1973년도 결혼하여 사는 아내이니까 벌써 44년째 함께 사는 아내입니다.

결혼 이후 한 번도 자기의 입장이나 주장을 먼저 내세우기보다는 언제나 함께 사는 남편의 입장에서 생각하며 살아온 사람이지요.

먹을 것이 있어도 남편인 내가 먼저이지 자기가 먼저가 아닙니다.

내가 사과를 좋아하는 사람이므로 아예 아내는 사과에 입을 대지 않습니다.

어디까지나 남편이 먹다 남기는 사과만 조금 먹을 뿐이지요.

매우 전근대적인 사람, 요즘엔 이런 사람이 세상에 드물겠지요.

집에서 내가 글을 쓰거나 쉬는 날은 아예 집안일을 하지 않습니다.

가사 폐업을 하는 것이지요.

집에 분명 사람이 있기는 하지만 집에 아무도 없는 것처럼 해줍니다.

나 혼자만 있는 것처럼 집안 분위기를 만들어줍니다.

그러기 위해 자기는 집안 한구석에서 푸성귀를 다듬거나 다림질을 하거나 화분의 꽃을 돌보거나 그것조차 할 일이 없으면 아예 자기 침대에 가서 잠을 자주는 거지요.

그렇지만 내가 아침 일찍 출타를 해야 하는 날엔 자기가 먼저 일어나 집안일을 하면서 인기척으로 나를 깨웁니다. 절대로 내 방으로 와서 잠자고 있는 나를 흔들어 깨우는 법이 없지요.

감사하고 고마운 일, 세상에는 이런 여자가 그다지 많지 않다고 생각합니다.

일박이일로 멀리 문학 강연을 떠나면 아내는 또 따라가 줍니다.

역시나 고맙고 감사한 노릇, 이런 아내가 세상에는 별로 없다고 나는 생각합니다.

이제는 누구라도 나를 팔불출이라고 놀려도 좋겠습니다.

잘못 든 길

그 길을 가지 않은 사람은 알지 못한다
외롭게 쓸쓸하게 버려진 듯 호젓한 그 집
모퉁이에 문득 던져진 듯
놓여 있는 집, 산임갤러리

누가 이런 곳에 이렇게 예쁜 집을 다 지었을까?
이런 집에서는 어떤 사람이 살고 있을까?
흘러가는 구름을 잠시 멈추게 하는 집

터벅터벅 산길 가다가 모가지 길쑴한
산나리나 초롱꽃 한 송이 찾아내고는
진저리쳐지도록 환하고도 푸르게 열리던 마음!
길을 잘못 들었으니 망정이지
그 날 우리가 길을 잘못 든 것은 아무래도
잘한 일이고 행운에 가까운 일이었다.

대화

모처럼 추석 명절을 맞아
고향 집에 돌아온 형제가
건넌방 벽에 나란히 기대어 앉아
이야기하고 있다

형님은 요즘 어떠세요?
그냥 그래
자네는 어떤가?
저도 그냥 그래요

젊은 며느리가
부엌방에서 음식을 만들다가
건너와 이들을 보고는
돌아가 말을 전했다

두 남자 노인이
벽에 기대어 마주 보이는
벽하고 이야기하고 있다고.

벼랑

사람들은 죽으려고
뛰어내리지만

꽃들은 살려고
뛰어내린다.

울컥

50대 이른 나이에
세상을 뜬 아버지
입관하는 날
아버지 귀에다 대고
아버지 냄새
죽을 때까지 잊지 않을게요
말해 주었다는 20대
딸아이의 이야기
처음 들었을 때 울컥
다른 사람들에게
이야기 전해주면서
또다시 울컥.

아침의 생각

사랑은
두 사람이 마주 보는 것일까?

사랑은
두 사람이 한 곳을 보는 것일까?

사랑은 끝내
두 사람이 가까이 마주 서 있는 것일까?

이 아침 다시 한번
해 보는 생각이다.

3부

동백

봄이 오기도 전에
꽃이 피었다
너를 생각하는
나의 마음
눈 속에서도 붉은 심장을
내다 걸었다.

양란

예쁘다 예쁘다
몇 해를 두고
말해 줬더니
꽃이 폈어요

그 마음 그 말씀이
오히려 꽃입니다.

별꽃

너는 어느 별에서
살다가 왔느냐?

오늘은 하늘 맑고
구름도 없는 날

나는 이 지구라는 별에서
너무 오래 너를 기다렸나보다.

인디안 앵초

네가 너무 예뻐
못 살겠다
가여워 가여워서
저절로 눈물이 난다

카메라를 들이대자
싫다고
부끄럽다고
고개를 흔들고
몸까지 흔든다

새가 한 마리 두 마리
어라, 다섯 마리나
내려와 앉았네.

오월 카톡

그늘이 푸르니
마음이 푸르고

생각이 고우니
마음 또한 붉어

멀리 있어 더욱
보고픈 아이야

네가 꿈꾸는 세상
자주 여러 번

세상에서 이 지구에서
만나기를 바란다.

두둥실

혼자 있어 쓸쓸한 날
옆자리에 사뿐
꽃 한 송이 와서 앉는다

새근새근
꽃이 숨 쉬는 소리
향기롭고

쿨렁쿨렁
꽃이 물 마시는 소리
싱그러워

나도 그만 발을 헛딛고
맑은 하늘에 두둥실
흰 구름 되어서 뜬다.

가지 않는 봄

이 사람을 생각하고서도
울먹울먹
저 사람을 생각하고서도
울먹울먹

꽃을 보고서도
글썽
나무보고서도
글썽

글쎄 오늘 아침엔
세수를 하다가 그만
소리 내어 울었지 뭐냐

빨리 이 울먹임이
지나갔으면 좋겠다
빨리 이 안타까움이

사라졌으면 좋겠다

나의 봄은 아직도 이렇게
울먹이면서 울렁이면서
천천히 진행 중인 봄이란다.

연정

바람도 없는데
나무숲이 몸을 흔드네

그 위로 파랑 하늘
흰 구름이 웃고 있네

아마도 내가 누군가를
사랑하고 있나 보다.

초여름

너도 좋으냐
살아있는 목숨이

그래 나도 좋다
살아있는 목숨이.

여행에의 소망

그곳이 그리운 것이 아니라
그곳에 있는 네가 그리운 것이다

그곳이 보고 싶은 것이 아니라
그곳에 있는 네가 보고 싶은 것이다

너는 하나의 장소이고 시간
빛으로도 도달할 수 없는 나라

네가 있는 그곳이 아름답다
네가 있는 그곳에 가고 싶다

네가 있는 그곳에 가서 나도
그곳과 하나가 되고 싶다.

포옹·1

안아주고 싶다
조금만 아주
조금만

너는 꽃이 되고 새가 되고
물고기 되고 드디어
흰 구름이 된다

너를 안고 있는 동안만 나도
너를 따라서

풀밭이 되고 나무가 되고
개울물 되고
하늘이 된다

드디어 나는
눈을 감는다.

그 날

꽃나무 뒤에 있었다
그래서 네가
더 예뻤다

꽃이 피어 너도
꽃 피고 있었다
그래서 네가
더욱더 예뻤다

그 날엔
네가 꽃이었고
꽃이 또 너였다.

시

쓰레기는 쓰레긴데

사람들 마음에 오래 머물다

버려지는 쓰레기가 될 것인가

이내 버려지는 쓰레기가 될 것인가

날마다 그것이 난제였다.

질문

어려서 시를 좋아하고 시인을 꿈꿀 때
모든 좋은 시인은 그 이름에서도
향기가 나는 사람이라고 생각했다

꽃의 향기, 나무 향기, 책의 향기,
먹의 향기, 말의 향기, 사람 향기,
어떤 향기든 향기가 나는 사람이
시인이라 여겼다

그렇다면 나태주,
오늘에 이르러 너의 이름에서는
어떤 향기가 나느냐!
조심스럽고도 겁이 나는 질문이다.

그리움

가슴에 안긴 새 한 마리
조그만 새 한 마리
애야 조금만 더 조금만 더
가만히 있으려무나
그래도 아이는
꼼지락꼼지락
이내 하늘로 날아가 버리는 새
포르르 가슴에 한 줌
향기가 남았다.

주기도문

스페인 바르셀로나

가우디 평생의 미완의 작품

사그리드 파밀리아

우리말로는 성가족성당

한쪽 벽면에 새겨진

대형 글자판에

세계 여러 나라 문자로 기록된

주기도문 가운데

한글로 새겨진 주기도문

'오늘 우리에게 필요한 양식을 주옵소서'

세종임금님, 감사합니다

흐르는 눈물.

새벽

새벽 시간 잠 깨어
귀가 가렵다

하나님이 천사들이랑
또 내 애기
하시나 보다.

그분

나 고달파 잠든 시간에도
나를 지켜보시는 이
있네

나 찌그러진 모습
안쓰럽게 여겨
내려다 보아주시는 이
있네

그분
나 한 번도 만나지 못했고
얼굴조차 모르는 분
그분이 있어서 나 사네

세찬 강물 세상을
맨발로 건너네.

그 골목길

고삐 풀린 아이들도
여기 와서는 순해지고

네, 네, 네, 고개 숙여
공손히 대답을 할 줄 안다

햇빛도 그래, 그래, 그래,
사람의 머리를 쓰다듬고

흔한 풀꽃조차 귀하신 꽃이 되어
사람 보고 웃어준다

대낮에도 꿈을 꾸듯 찾아가는 길
'루치아의 뜰' 그 골목길.

한 말씀

왜 이렇게 늦게 찾아왔느냐

내가 너 오기를 신라 때부터

기다리고 있었지 뭐냐

이제 다 늙은 사람 되어서 왔구나

키도 더 작아지고

머리카락도 많이 빠져 가지고 왔구나

그래도 반갑다 얘야 반갑다

문득 찾아간 일본 교토(京都) 교류지(廣隆寺) 반가사유상

출가 이전의 고민 많으신 왕자부처님

근심스런 얼굴로 계시기에

허리를 굽혀 보았더니 얼굴이 밝아지고

쪼그리고 앉아 보았을 때 더욱 밝아지더니

아예 마룻바닥에 주저앉아

우러러보았을 때 마음속에 한 말씀 주셨다

그래 얘야

이제라도 네가 와서 좋구나

아, 그 어른은 내가 세상에서 버림받고

아무것도 가지지 못했을 때

무릎 꿇고 눈물 어린 눈으로 우러러볼 때

비로소 웃어 보이는 분이었구나.

여행지의 꿈

어젯밤에도
꿈속에서 많이 괴로웠다

교직 정년 1년을 앞두고
교장 승진이 안 되어
윗분들을 찾아다니며
하소연을 하는 꿈이었다

교장으로 8년이나 일하다가
정년퇴임을 했으면서
나는 왜 번번이 그러는지
모르겠다

더구나 러시아 땅
상트페테르부르크까지
여행 와서 말이다.

아버지의 집으로

나 날마다 날마다
아버지의 집으로 돌아가요
가다가 가다가 지치면
풀밭에서 쉬고
나무 그늘에서도 쉬고
하늘 보고 구름 보고
새들하고도 얘기하면서
나 날마다 날마다
지친 몸 지친 마음 데리고
아버지의 집으로 돌아가요
아버지여 오늘도
문간에 나와 기다리시는
늙으신 아버지여.

악수

가을 늦은 저녁이 주름진 손을
보여주면서 말했다
처음부터 내 손이 이렇게 주름이 많고
상처투성이인 것은 아니었단다
나에게도 예쁘고 사랑스러운 때가 있었지
다만 한낮의 눈 부신 햇빛과
오후의 산들바람과 아침의 새소리가
나를 이렇게
볼품없는 모습으로 바꾸어놓았단다
알았어요 알았어요
소년은 눈물을 글썽이며
가을 늦은 저녁의 손을 마주 잡았다

그것은 60년도 훨씬 넘는 옛날의 일이었다.

간단한 일

목숨 가진 것들은 누구하고 싸우나?

꽃은 꽃하고 싸우고

나무는 나무하고 싸우고

물소리는 물소리하고 싸우고

벌레들은 벌레들끼리만 싸우고

말할 것도 없이 사람인 나는

사람들하고만 싸운다

내가 싸우지 않고 사는 방법은?

사람인 내가 사람으로 사는 것을 포기하고

꽃으로 살고 나무로 살고

물소리로 살고 새소리로 벌레로 살면 된다

그것은 참 간단한 일이고 좋은 일이다.

귀국

한국 인천 영종도 국제공항

머리칼 검고
키 작고
코 작은 여자들 많이 보니
안심이 된다

코카콜라 마시지 않아도
가슴이 다 시원해진다.

여행길

떨치고
떠날 수 있음에 감사

무사히
돌아올 수 있음에 더욱 감사

조금만 더 보자
낯선 땅의 산과 들과 꽃들

조금만 더 듣자
낯선 땅의 물소리와 새소리.

시작법

마음을 나누어준다
내가 좋아하는 사람에게
못 잊을 사람 어여쁜 사람에게
골고루 나누어준다
그리고도 남는 마음은
흰 구름에게 개울물에게 주고
새소리, 꽃들에게도 준다
그러면 내 마음이 흰 구름 되고
개울물 되고 새소리, 꽃이 된다

생애에 남은 시간을 나누어준다
나를 아는 사람에게도 주고
나를 모르는 사람에게도
골고루 나누어준다
그리고도 남는 시간은
나무에게 주고 언덕에게 주고
산과 하늘에게도 준다

그러면 나의 시간은

나무가 되고 언덕이 되고

산이 되고 하늘이 된다

이것이 내가 세상을 사는 법이고

이것이 또 내가 시를 쓰는 법이다.

조금씩 오는 생각

실크로드 명사산 막고굴 찾아
고비사막 건널 때
버스 타고 졸면서
다섯 시간 여섯 시간 졸면서
고비사막을 건널 때

내가 정말로 보고 싶었던 것은
신기루였다
오아시스 샘물과 야자수 나무와
낙타들이 하늘 위에 거꾸로
걸린다는 신기루였다

그러나 졸린 눈 치뜨고
아무리 보고 또 보아도
신기루는 찾을 수 없었다
다만 멀리 일어나는 먼지 바람과
그 위로 쏟아지는 눈 부신 햇빛

이제 와 생각해 보니

그때의 그러한 나 자신이

하늘 바다에 거꾸로 걸린

신기루 아니었던가

조금씩 생각이 온다.

영월행·1

고개, 고개 넘어서
또 고개

골짜기, 골짜기 지나서
다시 골짜기

그 모든 골짜기와 고개가
모여서 만들어내는

서러운 햇빛의 눈과
서느러운 바람의 손길

이승 아닌 것 같이
아득하고 깊숙한 땅 영월

그 땅에서 만난 사람들은
하나같이 피붙이 같고 이웃만 같고

나이 드신 어른들은
오래전 어버이만 같아서

함께하는 시간도 좋았지만
헤어지는 마음은 마냥 구슬퍼

돌아오며 자꾸만
뒤가 돌아보아지더라

마음은 거꾸로 달려
떠나온 곳으로 돌아가고 싶더라.

영월행·2

영월을 잊지 말아 주세요

누군가 만났을 때
문득 들려준 말

돌아와 점점 커져서
메아리 된다

영월을, 오래,
잊지, 말아 주세요.

4부

급한 말

무슨 급한 일
있으세요?

아니야
너 지금 비행기 타러
공항으로 가는 줄 알았어

잘 다녀오라구
그 말 하고 싶었어
그 말이 급했어

나는 지금 기차 타고
익산 가는 중이야.

러시아에서

러시아 여행 떠나고 싶다고?

말로만 듣던 네바강변의 검은 물

줄지어 선 자작나무 수풀

키 큰 하늘에 꿈틀대는 검은 구름 흰 구름

눈물 글썽이며 바라보고 싶다고?

그래, 나의 꿈은 나중에

네가 러시아 여행 떠날 때

손 흔들어 잘 다녀오라고

배웅하는 것

여행비 대주고

네가 돌아올 때까지

오래 참고 기다려주는 것.

이제는

뒤로 질끈 머리를
묶어도 귀엽고
길게 흘려서 머리를
풀어도 멋스럽다

하얀색 옷을 입어도
우아함으로 빛나고
검은색 옷을 입어도
고결함으로 빛이 난다

그렇다고 따라가서까지
앞모습을 확인하지는
않기로 한다.

유산

죽을 먹으면 한 끼 걸러
속상하다는 아내

죽을 먹으면 오히려
마음이 편안해지는 나

누군가로부터 보호받고
대접받는 것 같아서.

걱정인형·1

우리 집엔 걱정인형이
살고 있어요

다른 사람 아니라
우리 집사람

걱정인형 때문에
내가 걱정이에요.

걱정인형·2

두 팔을 벌리고
두 다리를 벌리고
홀몸으로 서있는
꼬마인형

나는 아무것도
가진 것이 없어요
걱정이 있으면
나한테 맡기세요

사람한테 말을 건다.

* 이 글은 아내 김성예가 입으로 중얼거린 말을 정리해서 쓴 것이다.

버림받음으로

세상 모든 사람 나를 버려도
너만은 나를 놓지 않았다
끝까지 나를 버리지 않았다

결코 여러 사람 아니다
오직 한 사람
세상천지에 오직 한 사람
너의 응원과 너의 믿음이 나를 살린다
나를 지킨다

많은 사람으로부터
버림받음으로 오늘
오직 소중한 사람인 너를
나는 다시 만나고 다시 얻는다.

바람 부는 날

휘날리는 치맛자락을
주체하지 못한다
나부끼는 블라우스 깃을
어찌하지 못한다

다만 향기로운 산봉우리
봉우리
아슴아슴한 골짜기
그 위로 두둥실
떠오르는 흰 구름

덩달아 부풀어 오르는 마음을
나는 또 어찌하지 못한다.

모른다 하랴

언제나 모시전은 이른 새벽에 선다고 했다
두세두세 새벽에 일어나 세수하고
아이들 몰래 모시 팔러 한산장에 가시던 아버지
대처에서 모시장수들은 돈 전대를 옆구리에 차고
한 손에 촛불을 들고 한 손으로 모시를 펼치며
모시 값을 흥정한다고 했다

그날도 아버지, 어머니 일주일 동안 토굴에 들어가
짠 모시 한 필을 들고 한산장에 가셨지
모시를 좋은 값에 넘겼지만 국말이집에 들어가
거푸 마신 막걸리에 취하고 흥이 나서
모처럼 만난 친구 소국주집으로 끌고 들어가
한 잔만 한다는 것이 그만
저녁때까지 술자리가 이어져
모시 한 필 값을 다 날려버렸지
요모조모 가용으로 쓰고 아이들
학비로도 써야 할 돈인데

소곡주가 모두 가져가 버렸지

아침에 잠에서 깬 아버지, 빈 주머니를 보여주었지만
어머니 한숨만 쉬고 별말씀이 없었지
아, 내 어찌 그러한 젊으신 아버지 어머니를 잊을 수 있으랴
한산모시, 한산장, 소곡주를 모른다 하랴.

부서진 돌

돌이 깨졌다
굳어 보이던 믿음이
그만 부서졌다

산산 조각난
마음의 부스러기들

비로소 옥과
옥이 아닌 것들이 가려졌다
오히려 다행스런 일이다.

잠시 쓴다

―혜리에게

너 지금 어디 있느냐?
어디서 나를 보고 있느냐?

오늘도 구름 높고 하늘 높고
바람은 푸르다

바람 속에 너의 숨결이 숨었고
구름 위에 너의 웃음이 들었다

너 부디 오래 거기 있어 다오
지구 한 모퉁이에서 잠시 쓴다.

김남조 선생

필생의 스승
사랑과 인생과
문학과

필생의 모성
병고와 슬픔과
실패와

마침내 승리.

봄날의 끝자락

강은 언제나 소리 없이 흐르는 것인 줄 알았지
평생을 소리 없이 흐르는 금강만 보고 살았으니까

40대 중반쯤이었을 것이다
장마철에 하동 쌍계사 찾아가는 길
콸콸콸 소리 내며 흐르는 강물을 처음 보았지

아, 강물도 소리하면서 흐르는 거구나
그것도 하나의 깨침이며 기쁨
그러나 그 날 함께 강물을 보았던
송수권 이성선 시인 이미 이 세상 사람 아니네

나만 다시금 섬진강을 스치며
강물이 참 깊기도 하고 맑기도 하고
유정하기도 하구나
느끼고 또 속으로 느끼네
이 좋은 봄날의 끝자락.

봄 꿈

-취환 회장

꿈속에서 만났던 사람인가요
그림 속에 숨었던 가인인가요
만났어도 만난 것 같지 않고
헤어져 있는 날도 함께인 그대

달빛 타고 내려온 무지개인가
아닌 봄날 피어난 모란꽃인가
멀리서 혼자서 생각만 해도
천만리 강물 되어 흐르는 그대.

다시 만남

한 줌 향기로만
전해져 오는 그대 마음

하늘의 별이라도
쏟아져 내렸는가
커다란 눈 껌벅껌벅

너무 그렇게 예쁘게
웃지 마시구려
어지러워 어지러워

나는 그만 눈을
감을 수밖엔 없었습니다.

* 서울의 화자위엔에서 취환 회장을 다시 만나다.

봄처럼

−오지현 시낭송가

기다리지 않았음에도
찾아와 가슴에 안기는
부드러운 바람

어찌 기다림이
없었겠느냐?

다만 멀리서
스스로 돌아옴만이
눈물겹고 고마울 따름.

삐비

−김주영 작가의 자수

어머니 어머니
새하얀 등성이에 혼자 서서
오래도록 그렇게 보고 계셨군요

나는 아직도 어린 아이
아장 아장걸음으로
당신 앞으로 가요.

초롱꽃

−소화 데레사 수녀

동화 속 여자아이
책 밖으로 잠시 외출 나왔나 보다

손에는 초롱꽃 모양
물동이 하나 들고

동화 속 샘물의 물을
사람들에게 전해주려고 했을까

책 밖의 샘물을 길어
동화 속으로 가져가려고 그랬을까

맑은 이마 맑은 눈
나이가 가늠이 되지 않는다.

통화

−반경환 평론가

반 대표, 지금 뭐 해요?

애지 여름호 교정 보고 있는 중이에요

아, 이 좋은 봄날 토요일 일하고 있군요

일해야 먹고 살지요

여기는 구례 섬진강 따라

하동 가는 길이에요

강이 너무 이쁘고 신록이 너무 좋네요

뭐 하러 가셨어요?

문학 강연 하러요

예쁜 여자 있으믄 택배로 보내주세요

반 대표 그러면 내가 시로 써서

다음 책에 넣을 거예요

그러면 더욱 좋지요

여자 대신 섬진강 신록이며 새몰새몰 강의 물빛

향기로운 풀 내음이나 보내줄게요.

버들잎 하나

−임현진

한 채의 조그맣고 고요한 호수
차라리 맑고 그윽한 샘물이다
샘물이라도 옛날의 마을 앞
세상을 지키고 사람을 지키는
어진 목숨의 샘물

목이 마르고 숨이 찬 길손 다가와
물 한 모금 달라 손을 내밀 때
맑은 물 한 바가지 정성껏 떠서
늘어진 버들가지 버들잎 하나 떠서
짐짓 띄워주는 깊은 속내

사레들리지 않게
조심해서 드세요!
아무래도 그대는
조선의 아가씨 그림 속에 숨었다가
다시 그림 밖으로 나오지 않았나 싶다.

벌개미취

-김지헌 시인

여자는 누구나
제 안에 하나씩
왕국을 가지고 있다

오늘 네가
가지고 있는 왕국은
머나먼 나라
페르시아 왕국

너는 차라리 그 나라의
눈이 맑고도 깊고도 푸른
애기씨 왕녀.

진보랏빛

−김금용 시인

길을 가다가 왜
길을 바꿨느냐
묻지 마세요

그만 그 길목에서
여자와 바람을
만났지 뭡니까

밤새도록 물소리가
물에 젖지 않는다는 걸
알아버린 여자 말입니다.

폭포 앞에서

꼭두선이 꼭두선이
꼭두선이 풀이
어떤 풀인지도
모르는 사람들

꼭두선이 꼭두선이
풀숲에 모여앉아서
고개만 내밀고
하늘 보고 웃고 있다

그들이 바로 꼭두선이
그들은 나를 보고 웃고
나도 그들을 보고 웃으니
우리 모두 꼭두선이 풀.

몽실이

−강나영 피아니스트

몽실이 몽실이
웃을 때 예쁘고
피아노 칠 때
더욱 예쁜 몽실이

보고 싶어 때때로
생각이 나서
눈물이 글썽
그래도 참아야지

피아노 연주회 열리는
그날까지 참아야지
몽실이 몽실이
꿈나라 음악나라

예쁜 공주님으로
그렇게 앞으로도 오래
몽실이 몽실이 그래서
더욱 예쁜 몽실이.

코맹맹이 소리

−김인순 교사

내가 아는 좋은 남도의 아낙네
시를 사랑하고 사람을 사랑하고
아이들을 지극히 사랑하고
자기 고장을 사랑하는 아낙네

겉으로는 부드럽고 상냥하지만
안으로는 옹골차고 단단한 아낙네
무엇보다도 목포, 자기 고장을 사랑해
목포정신에 투철한 아낙네

가끔은 전화를 걸어
목포 앞바다 파도 소리를 들려주어서
좋아라 고마워라
그 코맹맹이 소리 이뻐라

무슨 말을 하든지 이편에서
거절할 수 없게 만드는 코맹맹이소리
그 매력 앞으로 여전하기를
목포 앞바다 파도소리 함께 비노라.

리슬한복

너무 좋다

날마다 날마다
아버지를 등에
업고 다니는 듯
어머니를 가슴에
안고 다니는 듯

강물이 내 가슴에 있고
산악이 내 등 뒤에 있다.

겨울 모시옷

-오현 스님

찬바람 일어나는 겨울이라도 초겨울
여름옷, 모시옷 한 벌 지어 멀리 보냄은
지나간 좋았던 여름 못내 아쉬워함이고요

행여나 추운 겨울 춥게 살지 마시고
오히려 다시 오는 눈부신 봄과 여름
남 먼저 맞이하십사 바라는 마음입니다.

좋으신 인연

―다시 오현 스님

스님, 모처럼 문득
멀리 보내주신 귀한 책
가슴에 안고 북쪽 하늘
바라봅니다

거기 설악산 있고
옛 백담사 있고
스님 계시는지요?

그립습니다 벌써 20년
스님 젊으셨고 저는
더 젊었던 그 시절입니다

스님, 그동안 많이들 갔습니다
아는 이름들 거의 다
주소를 옮겼고 혼자 남아
간당간당 견디고 있는

실정입니다

살아서 언제 다시
뵈올 수 있을는지요?
마음속에 그래도
어버이 같은 스님 한 분 계시어
이 겨울 따스한 등불입니다

한국 땅에 태어나
같은 세상 숨 쉬며
함께 한글로 시를 쓰면서 살았던
좋은 날들이 스님과
가장 크고도 좋으신 인연이었음을
잊지 않겠습니다.

인생을 묻는 젊은 벗에게

인생이란 무엇인가?
어떻게 사는 인생이 좋은 인생인가?
제대로 아는 사람이 몇이나 되고
답을 말해줄 사람 몇이나 될까?

인생이 무엇인지 알지 못해도
사람들은 지금까지 좋은 인생을 살다 갔고
앞으로도 사람들은 좋은 인생을
살다 갈 것이다

그야말로 인생은 무정의 용어
그냥 인생이면 인생인 바로 그것
하루하루 열심히 살아보는 거다

슬퍼할 일을 슬퍼하고
기뻐할 일을 기뻐하고
괴로워할 일을 괴로워하면서

순간순간을 정직하게

예쁘게 살아보는 거다

그러다 보면 저절로

인생이 인생다워지고

인생이 무엇인지 알게 되지 않을까!

인생이 무엇인지 묻는 젊은 벗이여

인생은 그냥 인생

인생은 그냥 너 자신

열심히 살아보자

삶 그것이 그대로 인생이 아니겠는가.

며늘아기에게

며늘아기야, 너는 우리 집에서 한 사람밖에 없는 이 씨다. 우리 집안에는 너처럼 한 사람밖에 없는 김 씨가 있다. 그 사람은 바로 너의 시어머니. 어느 날인가 앞으로 내가 사람 구실을 하지 못하거나 세상에 없는 날이 오면 이 김 씨를 좀 부탁하자. 너도 한 사람밖에 없는 이 씨니까 이 김 씨를 좀 돌봐다오. 이 김 씨는 말솜씨도 좋지 않아 이렇게 저렇게 말을 둘러댈 줄도 모르고 속마음을 숨길 줄도 모르고 무엇보다도 작은 말이나 사소한 일에 마음의 상처를 잘 받는 사람이다. 몸집이 통통하고 그럴 듯해서 튼튼한 것 같지만 그 반대인 사람이다. 말도 조심조심하고 작은 일에 신경 써서 챙겨주면 어린아이처럼 많이 좋아하는 사람이란다. 이 씨야, 부디 이담에 내가 없을 때 이 김 씨를 네가 좀 보살펴다오. 친구처럼 이웃처럼 나이든 언니처럼 때로는 어린아이처럼 말이다.

오직 감탄사 하나로

─공주 땅에서의 백범 선생

아, 엄혹한 그 시절
단군 할아버지 물려주신 아름다운 이 나라
바다 건너 왜놈들 게다짝 끌고 와
이 나라 이 백성들 짓밟아
주권을 빼앗고 글자를 빼앗고 말까지 빼앗고
끝내는 영혼까지 요절을 낼 때

아, 이 어른 오직 한 분
이 어른이 없었다면 조선 팔도의 강과 산들
나무와 풀들과 짐승들이며
조선의 삼천만 동포들 어찌했을까요?
의지가지없고 불쌍해서 어찌했을까요?

어지신 민족의 길잡이여
순수애국 정신 붉기만 한 가슴이여
오직 나라 걱정 민족 사랑의 마음
하나만을 위하여 살다 가신 일생이여

이 어른 한 분 없었다면
이 나라 이 강토 억울하고 분통이 터져
어찌 견뎠을까요?

더더구나 고요하고 적막하기만 한 공주 땅
이 어른 잠시 두 차례 머물다 가심으로
빛나는 의미를 갖게 되고
민족의 한 가슴 소중한 땅이 되었습니다

백정과 범부의 마음으로 나라와 민족을 사랑하리라!
아, 오로지 감탄사 하나로 떠올라
오늘에도 우리들 가슴을 울리고
우리들 가슴을 뜨겁게 달구는 오직
한 분의 민족정신이여 심장이여

당신 계시어 우리는 오늘도
민족이 무엇이고 애국이 무엇이고

국가와 독립이 무엇인가를
새롭게 깨닫고 새롭게 어린아이처럼 새깁니다

분명코 우리도 그 시절 당신의 눈빛에 쏘였다면
당신을 따라 스스로 죽고 스스로
부서지는 사람들이 되었을 게지요
감사합니다 눈물겹습니다
당신과 더불어 이 나라 이 민족의 한 사람인 것이
오직 감격이요 감탄, 영광입니다.

* 백범 김구 선생은 공주 땅에 두 번 왔다 가셨다. 1896년 일본인들의
  명성왕후 시해에 분노하여 황해도 안악 치하포에서 일본인 장교를 죽
  이고 붙잡혀 인천형무소에서 복역 중 탈옥하여 1898년 마곡사에 와
  스님노릇을 한 것이 처음의 일이고, 8·15광복 이듬해인 1946년 4월
  27일 공주에 와 공산성에 오르고 동명장이란 여관에서 일박한 뒤,
  옛 인연인 마곡사에서 다시 일박한 것이 두 번째의 일이다.

그 길에 네가 먼저 있었다

펴낸날 2018년 02월 05일
7쇄 펴낸날 2020년 12월 21일

지은이 나태주
펴낸이 주계수 │ **편집책임** 윤정현 │ **꾸민이** 심가영

펴낸곳 밥북 │ **출판등록** 제 2014-000085 호
주소 서울시 마포구 양화로 59 화승리버스텔 303호
전화 02-6925-0370 │ **팩스** 02-6925-0380
홈페이지 www.bobbook.co.kr │ **이메일** bobbook@hanmail.net

© 나태주, 2018.
ISBN 979-11-5858-371-2 (03810)

※ 이 도서의 국립중앙도서관 출판시도서목록(CIP)은 e-CIP 홈페이지(http://
www.nl.go.kr/cip)에서 이용하실 수 있습니다. (CIP 2018001689)